♪ Oh díganlo en voz alta ♪

Joe Rhatigan

Asesoras de contenido

Jennifer M. Lopez, M.S.Ed., NBCT
Coordinadora superior, Historia/Estudios sociales
Escuelas Públicas de Norfolk

Tina Ristau, M.A., SLMS
Maestra bibliotecaria
Distrito Escolar de la Comunidad de Waterloo

Asesoras de iCivics

Emma Humphries, Ph.D.
Directora general de educación

Taylor Davis, M.T.
Directora de currículo y contenido

Natacha Scott, MAT
Directora de relaciones con los educadores

Créditos de publicación

Rachelle Cracchiolo, M.S.Ed., *Editora*
Emily R. Smith, M.A.Ed., *Vicepresidenta de desarrollo de contenido*
Véronique Bos, *Directora creativa*
Dona Herweck Rice, *Gerenta general de contenido*
Caroline Gasca, M.S.Ed., *Gerenta general de contenido*
Fabiola Sepulveda, *Diseñadora gráfica de la serie*

Créditos de imágenes: pág.5 Library of Congress (LC-USZ62-53017); pág.9, pág.20 Library of Congress (LC-DIG-ppmsca-3554); pág.10 Library of Congress (LC-DIG-ppmsca-23683); pág.13 (derecha) North Wind Picture Archives/Alamy; pág.14 Library of Congress (LC-DIG-hec-04307); pág.15 Library of Congress (LC-DIG-ds-00032a); pág.19 Olivier Douliery/ABACAUSA.COM/Newscom; pág.21 Library of Congress (LC-DIG-pga-08894); pág.25 Library of Congress (LC_100000006); todas las demás imágenes cortesía de iStock y/o Shutterstock

Library of Congress Cataloging-in-Publication Data

Names: Rhatigan, Joe, author. | iCivics (Organization)
Title: Oh díganlo en voz alta / Joe Rhatigan.
Other titles: O say can you see. Spanish
Description: Huntington Beach, CA : Teacher Created Materials, 2022. | "iCivics"--Cover. | Audience: Grades 2-3 | Summary: "Do you know the words to our National Anthem? Do you know what those words mean? Find out the story behind the song"-- Provided by publisher.
Identifiers: LCCN 2021039697 (print) | LCCN 2021039698 (ebook) | ISBN 9781087622705 (paperback) | ISBN 9781087624020 (epub)
Subjects: LCSH: Star-spangled banner (Song)--Juvenile literature. | Baltimore, Battle of, Baltimore, Md., 1814--Juvenile literature. | Key, Francis Scott, 1779-1843--Juvenile literature.
Classification: LCC ML3561.S8 R5318 2022 (print) | LCC ML3561.S8 (ebook) | DDC 782.42/15990973--dc23/eng/20211012
LC record available at https://lccn.loc.gov/2021039697
LC ebook record available at https://lccn.loc.gov/2021039698

Se prohíbe la reproducción y la distribución de este libro por cualquier medio sin autorización escrita de la editorial.

5482 Argosy Avenue
Huntington Beach, CA 92649-1039
www.tcmpub.com

ISBN 978-1-0876-2270-5
© 2022 Teacher Created Materials, Inc.

El nombre "iCivics" y el logo de iCivics son marcas registradas de iCivics, Inc.

Contenido

¿Cuál es la historia?................... 4

⭐Salta a la ficción:⭐
　¿Ondea con valentía? 6

La batalla de Baltimore 10

El significado de la letra 16

El hogar de los valientes 24

Glosario 26

Índice 27

Civismo en acción 28

¿Cuál es la historia?

Tal vez sepas que el nombre del **himno** nacional de Estados Unidos es "La bandera de estrellas **centelleantes**". Seguramente lo has cantado. ¿Conoces toda la letra? ¿Sabes lo que significa?

Y ¿qué historia hay detrás de esta canción? Tal vez sepas que fue escrita por Francis Scott Key. Pero ¿conoces el resto de la historia de esos versos?

Todo comenzó con una guerra. Una guerra que Estados Unidos estaba perdiendo.

Francis Scott Key

¿Ondea con valentía?

Es un hermoso día de sol en el campo de béisbol. Dennis se quita la gorra para cantar el himno nacional. La sostiene contra el pecho y trata de seguir la letra.

—Oh díganlo en voz alta, exclamen con orgullo… Por la luz… Eh… Hasta el crepúsculo… —canta Dennis.

"¿Ondea con valentía milagrosa? ¿De qué habla esta canción?", se pregunta.

Las últimas palabras, "donde el pueblo festeja", resuenan con fuerza.

—Esta canción habla de bombas, un cielo que arde y una bandera —le explica Dennis a su amigo Andy—. Seguro que trata sobre una guerra.

Pero ahora ¡vamos a jugar!

Después del partido, Dennis llega a su casa y busca información sobre el himno nacional. Enseguida encuentra un video sobre los sucesos que describe la canción.

Dennis se imagina que está allí mientras mira el video. Ve un fuerte y muchos barcos en un puerto. También ve a un hombre que va y viene sobre la cubierta de un barco. Los marineros británicos corren a su alrededor. Se están preparando para una batalla. Y después de la batalla, la bandera sigue ondeando.

Dennis se siente entusiasmado y orgulloso mientras aprende. ¿Ondea con valentía? ¡Sí, la bandera hace eso!

Dennis tiene muchas ganas de contarle todo a Andy. ¡Y quiere aprender la letra para cantarla en el próximo partido!

La batalla de Baltimore

Corría el año 1814. Francis Scott Key estaba en una misión para ayudar a un amigo. Estados Unidos estaba en guerra con Gran Bretaña. Estaba perdiendo. Los británicos habían atacado Washington D. C. Y ahora intentaban destruir el fuerte McHenry. El fuerte protegía la ciudad de Baltimore. Si los británicos lograban llegar ahí, estarían un paso más cerca de la victoria.

la Casa Blanca a principios del siglo XIX

Key, que era estadounidense, estaba atrapado en un barco británico. Su amigo había sido **capturado**. Key estaba tratando de convencer a los británicos para que liberaran a su amigo. Finalmente, habían llegado a un acuerdo. Pero luego le dijeron a Key que no podía bajar del barco. ¡Los británicos estaban a punto de atacar! Los dos amigos quedaron atrapados.

El fuerte McHenry

El fuerte McHenry tiene forma de **pentágono**. Aún está en pie. Es un monumento nacional y un sitio histórico.

Eran tiempos difíciles para el país. Todos temían que el fuerte no pudiera resistir el ataque durante la noche. Tenían miedo de que el país ya no pudiera ser libre.

El barco de Key estaba lejos del fuerte. De hecho, Key no podía ver el fuerte desde ahí.

El cielo se oscureció. Los barcos lanzaron sus bombas y sus cohetes. La batalla duró toda la noche. Por momentos, las explosiones hacían brillar el cielo. Key podía ver la bandera del fuerte. Si era la bandera de Estados Unidos, significaba que los estadounidenses seguían luchando. Pero si veía una bandera blanca, significaría que se habían **rendido**.

Así se ve el fuerte McHenry en la actualidad.

Algunas cifras

Los británicos tenían alrededor de 19 barcos. Había 1,000 soldados estadounidenses en el fuerte. Los británicos lanzaron alrededor de 2,000 bombas y cohetes.

El ataque terminó a primeras horas de la mañana. Key esperó a que la niebla y el humo se despejaran. Y entonces ¡vio la bandera estadounidense! El fuerte había sobrevivido a la batalla. Los británicos habían perdido. Dejaron de luchar por el fuerte.

Al día siguiente, Key escribió un poema en la parte de atrás de una carta que tenía en el bolsillo. En el poema describía cómo se sintió cuando vio que la bandera seguía ondeando. Esa experiencia lo llenó de orgullo y **patriotismo**. Y las palabras del poema reflejan esos sentimientos también hoy.

el poema original de Key, que se convirtió en la letra del himno nacional

El significado de la letra

> *Oh díganlo en voz alta,*
> *exclamen con orgullo,*
> *por la luz tenue del alba*
> *hasta el crepúsculo.*

Estos son los primeros versos del poema. ¿Qué significan? Key escribió acerca de la noche de la batalla y la mañana siguiente. El *alba* es cuando sale el sol. El *crepúsculo* es el momento en que se pone el sol.

Pero Key también dice: *"Oh díganlo en voz alta, exclamen con orgullo"*. Le pide al pueblo que honre la bandera con orgullo. Key habla de la bandera que vio en el crepúsculo. Dice que la mañana siguiente podía ver la misma bandera. O sea, la bandera resistió la batalla.

> *Con rayas anchas y estrellas*
> *en la lucha peligrosa,*
> *sobre las murallas ondea*
> *con valentía milagrosa.*

En estos versos, Key describe las franjas y las estrellas de la bandera. La frase *"ondea con valentía **milagrosa**"* habla de esa bandera que flameaba con valor y que de milagro resistió el bombardeo. Key explica que la bandera siguió ondeando durante esa dura batalla, *la lucha peligrosa*. Y describe el lugar donde se podía ver la bandera. La frase *"sobre las **murallas**"* significa que la bandera se veía por encima de los muros del fuerte.

Sigue ondeando

En la actualidad, la bandera tiene 13 franjas y 50 estrellas. En 1814, la bandera del fuerte tenía 15 estrellas y 15 franjas. Esa bandera aún existe. Está en un museo de Washington D. C.

*El cielo rojo ardía
y las bombas explotaban,
pero no se destruía,
nuestra bandera quedaba.*

Estos versos tal vez sean más fáciles de entender. La bandera era un **símbolo** de esperanza. ¿Cómo podía verla Key de noche? La veía por las luces de las explosiones, cuando *el cielo rojo ardía*. Así pudo saber que el fuerte no se había rendido.

ilustración de las bombas sobre el fuerte McHenry

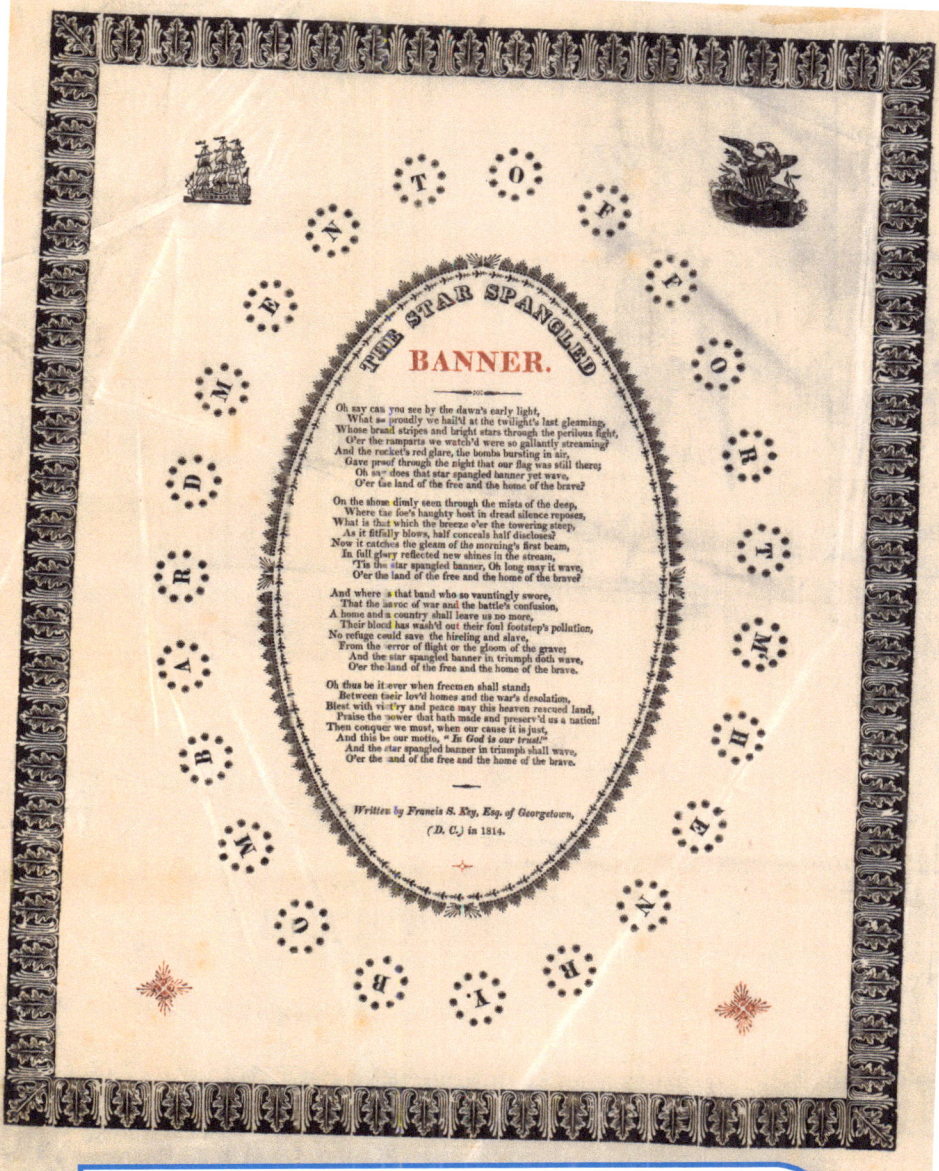

Y hay más

El título original del poema de Key era "Defensa del fuerte M'Henry". Tiene cuatro estrofas. Pero casi siempre cantamos solo la primera estrofa.

*Ah rueguen que la bandera
nos sirva y proteja
sobre tierra de libertad,
donde el pueblo festeja.*

Los dos últimos versos hablan de libertad y valentía. Podríamos preguntarnos: ¿la bandera sigue ondeando en una tierra donde hay gente valiente que nos sirve y nos protege? ¿Sigue siendo esta una *tierra de libertad,* donde el pueblo festeja su orgullo por el país?

Es importante recordar que, cuando Key escribió el poema, no todos eran libres. Muchos estaban esclavizados. ¿Key hablaba de todas las personas que vivían en esa "tierra de libertad"? Más allá de eso, hoy se incluye a todas las personas.

El hogar de los valientes

Hoy en día, todos cantamos el himno en la escuela. También se canta en eventos deportivos. Algunas personas lo cantan el 4 de Julio. Y ahora tú conoces su historia.

El himno no es solamente una canción. Es un símbolo de esperanza. Así fue para los valientes soldados que lucharon contra los británicos. Y así es para los soldados que luchan hoy en día.

La canción está dedicada a quienes aman el país y lo que representa ¡y que festejan sus logros! Es para quienes sueñan con todo lo que el país puede lograr. Principalmente, es para todos los que viven en Estados Unidos de América.

El himno oficial

"La bandera de estrellas centelleantes" se hizo conocida hace mucho tiempo. Pero no siempre fue el himno oficial del país. Eso sucedió en el año 1931.

Glosario

capturado: tomado prisionero o secuestrado

centellantes: brillantes

himno: una canción patriótica

milagrosa: extraordinaria

murallas: paredes de protección

patriotismo: el amor por el país propio

pentágono: una figura geométrica de cinco lados y cinco ángulos

rendido: dejado de luchar

símbolo: algo que representa otra cosa

Índice

Baltimore, 10

bandera, 7–8, 12, 14–16, 18–20, 22–23

bandera de estrellas centelleantes, 4, 25

británicos, 10–11, 13–14, 24

Estados Unidos, 4–5, 10, 25

Francis Scott Key, 5, 10–12, 14–16, 18, 20, 22

fuerte McHenry, 10–13, 20–21

himno, 4, 6, 8, 25

Washington D. C., 10, 19

Civismo en acción

La letra de "La bandera de estrellas centelleantes" puede ser difícil de aprender, tanto en inglés como en español. Pero es importante saber el himno de Estados Unidos. Las personas se reúnen para cantar esas palabras. Conocer y cantar el himno puede ayudar al pueblo a sentir más patriotismo. ¡Tú también puedes aprender la letra!

1. Escribe la letra del himno. Escribir cada una de las palabras te ayudará a aprenderlas.

2. Busca una grabación del himno. Es fácil de encontrar en internet. Un adulto puede ayudarte.

3. Todos los días, escucha el himno y cántalo mientras lees la letra.

4. Después de unos días, es probable que aprendas el himno de memoria. ¡Ahora, cántalo sin leer la letra!

www.ingramcontent.com/pod-product-compliance
Lightning Source LLC
Chambersburg PA
CBHW041507010526
44118CB00001B/38